시를 잊은 나에게

시를 잊은 나에게

초판 1쇄 발행 2018년 3월 20일
초판 22쇄 발행 2021년 6월 5일
4판 1쇄 인쇄 2024년 5월 3일
4판 1쇄 발행 2024년 5월 17일

지은이 | 윤동주 외
펴낸이 | 金湞珉
펴낸곳 | 북로그컴퍼니
주소 | 서울시 마포구 와우산로 44(상수동), 3층
전화 | 02-738-0214
팩스 | 02-738-1030
등록 | 제2010-000174호

ISBN 979-11-6803-062-6 03810

감성 필사 평생 간직하고픈 시를 읽고, 쓰고, 가슴에 새기다

시를 잊은 나에게

윤동주 외 지음
배정애 캘리그라피

북로그컴퍼니

일러두기

· 이 책에 실린 시 전문은 한국문예학술저작권협회와 출판권을 가진 출판사를 통해 저자의 동의를 얻어 수록한 것입니다.

· <호수> <고적한 날> 등 몇 편의 옛 시는 시어를 해치지 않는 범위에서 현대어로 옮겨 적었습니다.

· 한국 현대시는 원본 그대로의 단어와 맞춤법을 따랐습니다.

· 일부 제목이 없는 번역 시의 경우 임의로 제목을 붙였습니다.

시를 잊은 나와 그대에게

이 책은 아름다운 명시들을 읽고, 음미하고, 따라 쓸 수 있게 만든 감성 필사책이에요. 왼쪽 페이지에는 시의 원문이 실려 있고, 오른쪽 페이지에는 따라 쓸 수 있는 공간이 마련돼 있어요.

1장 '나 이제 그대를 떠나지 않으리'는 사랑의 충만함과 기쁨에 대한 시들로 구성돼 있어요. 2장 '내내 어여쁘소서'는 이별과 그리움에 대한 시들이고, 3장 '내가 당신을 사랑하는 것은'은 사람에 관한 다양한 성찰을 하는 시들이에요. 4장 '눈이 오시면 내 마음은 미치나니'는 계절과 자연을 노래하는 시들을 모아뒀어요.

80편의 시가 전달하는 사랑과 행복, 용기와 희망의 언어를 따라 써보세요. 풍족해진 감성이 내 삶을 채우는 근사한 경험을 할 테니까요.

◦ 자유롭게 시작하세요

꼭 앞에서부터 순서대로 읽을 필요는 없어요. 책장을 넘기다가 내 마음을 대변해주는 구절을 발견할 수도 있고, 눈에 들어오는 사진이 있을 수도 있고, 캘리그라피가 마음에 들 수도 있어요. 내 가슴을 울리는 그런 시를 찾아보는 거예요.

◦ 천천히 읽어보세요

마음에 드는, 따라 쓰고 싶은 시를 찾았나요? 그렇다면 천천히 읽어보세요. 이 시에서 어떤 느낌을 받았나요? 어떤 구절이 가장 마음에 드나요? 이 시가 전하고자 하는 메시지를 발견했나요? 만약에 이 시를 쓴다면, 어떤 부분을 강조해서 쓰고 싶나요?

◦ 편안한 펜을 쥐어보세요

시를 충분히 읽었다면 이제 써볼 차례예요. 내가 가장 잘 다룰 수 있는 펜, 내 손에 편안한 펜을 골라보세요. 꼭 캘리그라피 펜을 잡아야 할 필요는 없어요. 모나미 볼펜도, 하이테크펜도 좋아요. 글씨에 자신 있다면 딥펜이나 만년필이 좋은 선택이겠죠?

◦ 직접 써보세요

오른쪽 페이지에 시를 따라 써 보세요. 잘 써야 한다거나 예쁘게 써야 한다는 부담을 버리세요. 한꺼번에 많은 시를 쓰려고 욕심내지도 마세요. 하루 한 수씩 꾸준히, 천천히 시의 맛을 보며 써보세요. 여유롭고 행복하게, 기쁘게 나만의 책으로 만들어가세요.

차례

2 PART — 내내 어여쁘소서

3 PART — 내가 당신을 사랑하는 것은

4 PART — 눈이 오시면 내 마음은 미치나니

1 PART

나 이제 그대를 떠나지 않으리

사랑

한용운

봄물보다 깊으니라
갈산보다 높으니라
달보다 빛나리라
돌보다 굳으리라
사랑을 묻는 이 있거든
이대로만 말하리

장미

노자영

장미가 곱다고
꺾어보니까
꽃 포기마다
가시입니다

사랑이 좋다고
따라가보니까
그 사랑 속에는
눈물이 있어요

그러나 사람은
모든 사람은
가시의 장미를 꺾지 못해서
그 눈물의 사랑을 얻지 못해서
쉽다고 쉽다고 부르는군요

사랑이 좋다고
따라가 보니까
그 사랑 속에는
눈물이 있어요

겨울 사랑

문정희

눈송이처럼 너에게 가고 싶다
머뭇거리지 말고
서성대지 말고
숨기지 말고
그냥 네 하얀 생애 속에 뛰어들어
따스한 겨울이 되고 싶다
천년 백설이 되고 싶다

너의 그 말 한마디에

하인리히 하이네

너의 해맑은 눈을 들여다보면
나의 온갖 고뇌가 사라져버린다
너의 고운 입술에 입맞추면
나의 정신이 말끔히 되살아난다

따스한 너의 가슴에 몸을 기대면
마치 천국에 온 것 같은 기분
"당신을 사랑해요"
너의 그 말 한마디에
한없이 한없이
눈물이 흘러내린다

편지

최계락

썼다간 찢고
찢었다간 다시
쓰고,

무엇부터 적나
눈을
감으면,

사연보다 먼저 뜨는
아,
그리운 모습.

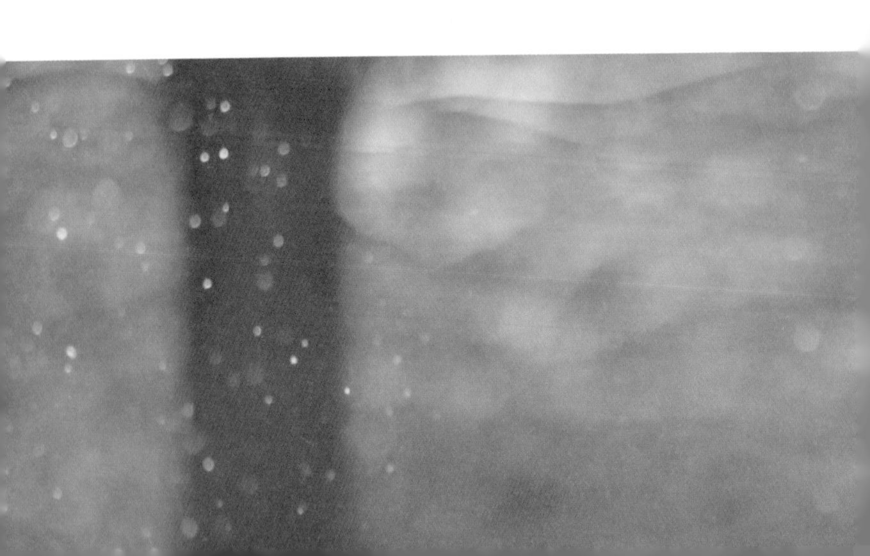

좀 더 자주, 좀 더 자주

베스 페이건 퀸

오늘을 시작하며
좀 더 자주 그대를 포옹하고
좀 더 자주 그대에게 키스하며
좀 더 자주 그대를 어루만지고
좀 더 자주 그대와 얘기를 나누겠다고 다짐해요

오늘을 시작하며
무엇보다도 제일 먼저
좀 더 자주 그대에게 고백할래요
내가 얼마나 그대를 사랑하는지

수많은 기적을 일으키는

라이너 마리아 릴케

수많은 기적을 일으키는
봄을 너에게 보이리라.
봄은 숲에서 사는 것,
도시에는 오지 않는다.

쌀쌀한 도시에서
손을 잡고서
나란히 둘이 걷는 사람들만이
언젠가 봄을 볼 수 있게 되리라.

봄의 정원으로 오라

잘랄루딘 루미

봄의 정원으로 오라
이곳에 꽃과 술과 촛불이 있으니
만일 당신이 오지 않는다면
이것들이 무슨 의미가 있는가

그리고 만일 당신이 온다면
이것들이 또한 무슨 의미가 있는가

한 그리움이 다른 그리움에게

정희성

어느 날 당신과 내가

날과 씨로 만나서

하나의 꿈을 엮을 수만 있다면

우리들의 꿈이 만나

한 폭의 비단이 된다면

나는 기다리리, 추운 길목에서

오랜 침묵과 외로움 끝에

한 슬픔이 다른 슬픔에게 손을 주고

한 그리움이 다른 그리움의

그윽한 눈을 들여다볼 때

어느 겨울인들

우리들의 사랑을 춥게 하리

외롭고 긴 기다림 끝에

어느 날 당신과 내가 만나

하나의 꿈을 엮을 수만 있다면

호수

정지용

얼굴 하나야
손바닥 둘로
폭 가리지만

보고 싶은 마음
호수만 하니
눈 감을밖에

가장 아름다운 것

로버트 브라우닝

한 해의 모든 숨결과 꽃은 한 마리 벌의 주머니에 들어 있고
광산의 모든 경이와 재물은 한 알 보석의 심장에 담겨 있고
바다의 모든 그늘과 빛은 한 알의 진주 속에 들어 있다
숨결과 꽃, 그늘과 빛, 경이와 재물,
그리고 그것들보다 더 높은 곳에 있는 —
보석보다 더 밝은 진실,
진주보다 더 맑은 믿음,
우주에서 가장 빛나는 진실, 가장 순결한 믿음 — 나에겐 그것들이

모두 한 소녀의 입맞춤에 들어 있었다.

너를 기다리는 동안

황지우

네가 오기로 한 그 자리에
내가 미리 가 너를 기다리는 동안
다가오는 모든 발자국은
내 가슴에 쿵쿵거린다
바스락거리는 나뭇잎 하나도 다 내게 온다
기다려본 적이 있는 사람은 안다
세상에서 기다리는 일처럼 가슴 애리는 일 있을까
네가 오기로 한 그 자리, 내가 미리 와 있는 이곳에서
문을 열고 들어오는 모든 사람이
너였다가
너였다가, 너일 것이었다가
다시 문이 닫힌다
사랑하는 이여
오지 않는 너를 기다리며
마침내 나는 너에게 간다
아주 먼 데서 나는 너에게 가고
아주 오랜 세월을 다하여 너는 지금 오고 있다

아주 먼 데서 지금도 천천히 오고 있는 너를
너를 기다리는 동안 나도 가고 있다
남들이 열고 들어오는 문을 통해
내 가슴에 쿵쿵거리는 모든 발자국 따라
너를 기다리는 동안 나는 너에게 가고 있다.

나는 미워하며 사랑한다

가이우스 발레리우스 카툴루스

나는 미워하며 사랑한다. 어찌 그럴 수 있느냐 물으면

나도 알 수 없어라. 그리 느껴질 뿐, 내 마음 둘로 찢겨 있음을

소년

윤동주

여기저기서 단풍잎 같은 슬픈 가을이 뚝뚝 떨어진다. 단풍잎 떨어져 나온 자리마다 봄을 마련해놓고 나뭇가지 위에 하늘이 펼쳐 있다. 가만히 하늘을 들여다보려면 눈썹에 파란 물감이 든다. 두 손으로 따뜻한 볼을 쓸어보면 손바닥에도 파란 물감이 묻어난다. 다시 손바닥을 들여다본다. 손금에는 맑은 강물이 흐르고, 맑은 강물이 흐르고, 강물 속에는 사랑처럼 슬픈 얼굴 —— 아름다운 순이의 얼굴이 어린다. 소년은 황홀히 눈을 감아본다. 그래도 맑은 강물은 흘러 사랑처럼 슬픈 얼굴 —— 아름다운 순이의 얼굴은 어린다.

경쾌한 노래

폴 엘뤼아르

나는 앞을 바라보았네
군중 속에서 그대를 보았고
밀밭 사이에서 그대를 보았고
나무 밑에서 그대를 보았네

내 모든 여정의 끝에서
내 모든 고통의 밑바닥에서
물과 불에서 나온
내 모든 웃음소리가 굽이치는 곳에서

여름과 겨울에 그대를 보았고
내 집에서 그대를 보았고
내 품 안에서 그대를 보았고
내 꿈속에서 그대를 보았네

나 이제 그대를 떠나지 않으리.

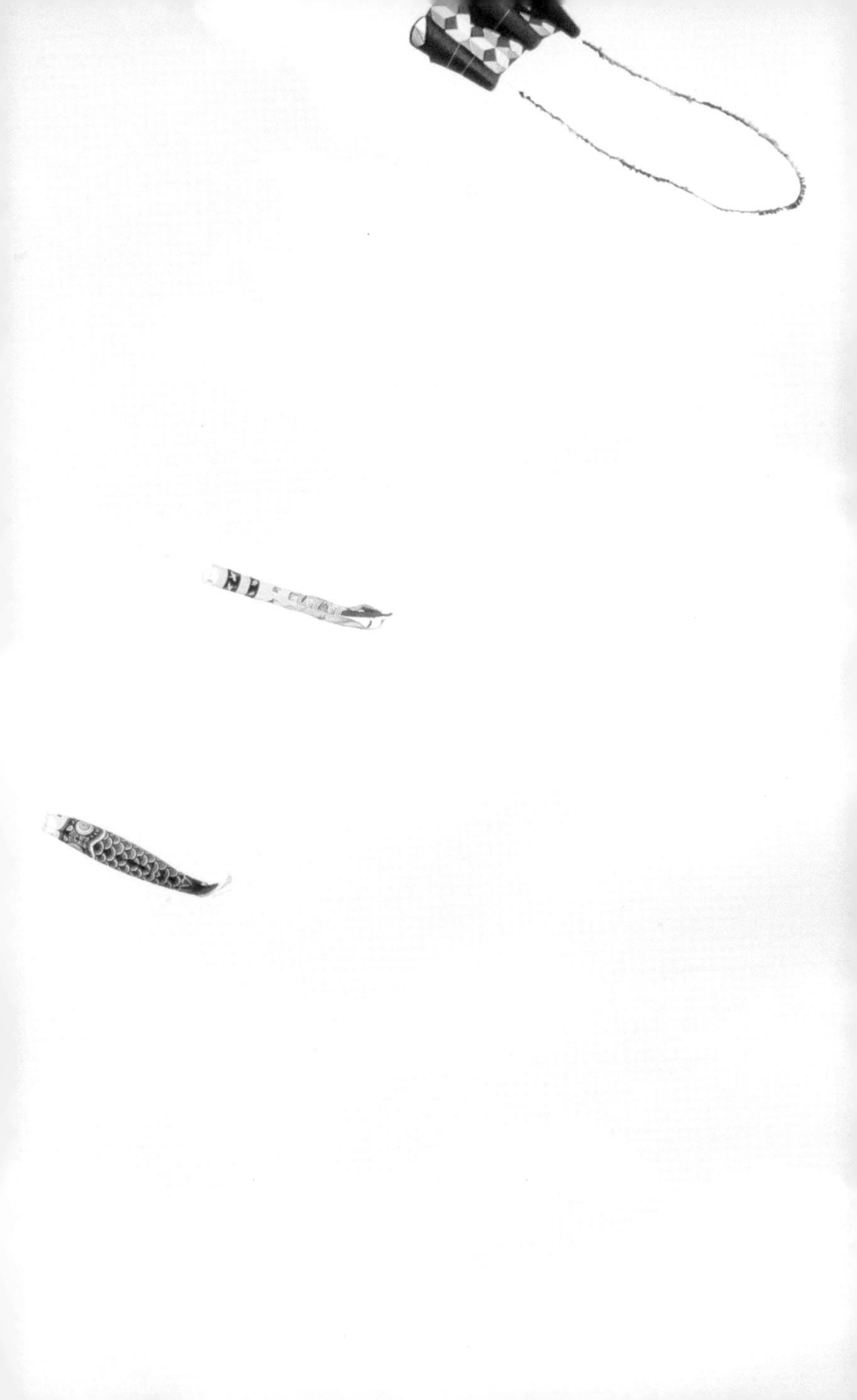

방문객

정현종

사람이 온다는 건

실은 어마어마한 일이다.

그는

그의 과거와

현재와

그리고

그의 미래와 함께 오기 때문이다.

한 사람의 일생이 오기 때문이다.

부서지기 쉬운

그래서 부서지기도 했을

마음이 오는 것이다 —그 갈피를

아마 바람은 더듬어볼 수 있을

마음,

내 마음이 그런 바람을 흉내낸다면

필경 환대가 될 것이다.

선물

기욤 아폴리네르

당신이 원하시면

나의 명랑한 아침을

당신께 드리겠어요.

또한 당신이 좋아하는

나의 빛나는 머리카락과

나의 푸르스름한 금빛 눈을 드리겠어요.

당신이 원하시면

따사로운 햇살 비추는 곳에서

아침에 눈뜰 때 들려오는 모든 소리와

그 가까이 분수에서 흘러내리는

감미로운 물소리를 당신께 드리겠어요.

이윽고 찾아든 저녁노을과

내 쓸쓸한 마음으로 얼룩진 저녁

조그만 내 손과

당신 마음 가까이

놓아둘 나의 마음을

기꺼이 당신께 드리겠어요.

2 PART

내내 어여쁘소서

푸른 밤

나희덕

너에게로 가지 않으려고 미친 듯 걸었던
그 무수한 길도
실은 네게로 향한 것이었다

까마득한 밤길을 혼자 걸어갈 때에도
내 응시에 날아간 별은
네 머리 위에서 반짝였을 것이고
내 한숨과 입김에 꽃들은
네게로 몸을 기울여 흔들렸을 것이다

사랑에서 치욕으로,
다시 치욕에서 사랑으로,
하루에도 몇 번씩 네게로 드리웠던 두레박

그러나 매양 퍼올린 것은
수만 갈래의 길이었을 따름이다

은하수의 한 별이 또 하나의 별을 찾아가는
그 수만의 길을 나는 걷고 있는 것이다

나의 생애는
모든 지름길을 돌아서
네게로 난 단 하나의 에움길이었다

어디로

박용철

내 마음은 어디로 가야 옳으리까
쉬임 없이 궂은비는 내려오고
지나간 날 괴로움의 쓰린 기억
내게 어둔 구름 되여 덮이는데.

바라지 않으리라던 새론 희망
생각지 않으리라던 그대 생각
번개같이 어둠을 깨친다마는
그대는 닿을 길 없이 높은 데 계시오니

아 — 내 마음은 어디로 가야 옳으리까

고적한 날

김소월

당신의 편지를
받은 그날로
서러운 풍설이 돌았습니다.

물에 던져달라고 하신 그 뜻은
언제나 꿈꾸며 생각하라는
그 말씀인 줄 압니다.

흘려 쓰신 글씨나마
언문 글자로
눈물이라고 적어 보내셨지요.

물에 던져달라고 하신 그 뜻은
뜨거운 눈물 방울방울 흘리며,
마음 곱게 읽어달라는 말씀이지요.

모과

서안나

먹지는 못하고 바라만 보다가
바라만 보며 향기만 맡다
충치처럼 꺼멓게 썩어 버리는
그런
첫사랑이 내게도 있었지

꽃잎

나태주

활짝 핀 꽃나무 아래서
우리는 만나서 웃었다

눈이 꽃잎이었고
이마가 꽃잎이었고
입술이 꽃잎이었다

우리는 술을 마셨다
눈물을 글썽이기도 했다

사진을 찍고
그날 그렇게 우리는
헤어졌다

돌아와 사진을 빼보니
꽃잎만 찍혀 있었다.

네 뺨을 내 뺨에

하인리히 하이네

네 뺨을 내 뺨에 대면
우리 둘의 눈물이 하나 되어 흐르리
네 가슴을 내 가슴에 대면
불꽃이 하나 되어 타오르리

흘러나온 눈물이 강물이 되어
타오르는 불꽃 속으로 흘러든다면
네 몸을 힘차게 안아본다면
그리움과 사랑에 나는 죽고 말리라

세월이 가면

박인환

지금 그 사람의 이름은 잊었지만
그 눈동자 입술은
내 가슴에 있어

바람이 불고
비가 올 때도
나는 저 유리창 밖
가로등 그늘의 밤을 잊지 못하지

사랑은 가고
과거는 남는 것
여름날의 호숫가
가을의 공원
그 벤치 위에
나뭇잎은 떨어지고
나뭇잎은 흙이 되고

지금 그 사람의 이름은 잊었지만
그 눈동자 입술은 내 가슴에 있어

나뭇잎에 덮여서

우리들 사랑이 사라진다 해도

지금 그 사람 이름은 잊었지만

그 눈동자 입술은

내 가슴에 있어

내 서늘한 가슴에 있건만

잊은 것은 아니련만

삽포

높은 나뭇가지에 매달려
가지 끝에 매달려 있어
과일 따는 이 잊고 간
아니,
잊고 간 것은 아니련만
따기 어려워 남겨놓은
새빨간 사과처럼 그대는
홀로 남겨져 있네.

다정히도 불어오는

김영랑

다정히도 불어오는 바람이길래
내 숨결 가볍게 실어 보냈지
하늘가를 스치고 휘도는 바람
어이면 한숨을 몰아다 주오

이런 시

이상

역사를하노라고땅을파다가커다란돌을하나끄집어내놓고보니도
무지어디서인가본듯한생각이들게모양이생겼는데목도들이그것
을메고나가더니어디다갖다버리고온모양이길래쫓아나가보니위
험하기짝이없는큰길가더라.
그날밤에한소나기하였으니필시그돌이깨끗이씻겼을터인데그이
튿날나가보니까변괴로다온데간데없더라. 어떤돌이와서그돌을
업어갔을까나는참이런처량한생각에서아래와같은작문을지었도
다.

내가그다지사랑하던그대여내한평생에차마그대를잊을
수없소이다. 내차례에못올사랑인줄은알면서도나혼자는
꾸준히생각하리다. 자그러면내내어여쁘소서

어떤돌이내얼굴을물끄러미쳐다보는것만같아서이런시는그만찢
어버리고싶더라.

당신의 눈물

김혜순

당신이 나를 스쳐보던 그 시선
그 시선이 멈추었던 그 순간
거기 나 영원히 있고 싶어
물끄러미
물
끄러미
당신 것인줄 알았는데
알고 보니 내것인
물 한 꾸러미
그 속에서 헤엄치고 싶어
잠들면 내 가슴을 헤적이던
물의 나라
그곳으로 잠겨서 가고 싶어
당신 시선의 줄에 매달려 가는
조그만 어항이고 싶어

라일락이 뜰에 피었을 때

월트 휘트먼

그때 라일락이 뜰에 피었을 때
밤에 큰 별이 때 아니게 서쪽 하늘에 떨어졌을 때
나는 서러웠다. 그리고 언제나 돌아오는 봄이면 다시 서러우리라.

언제나 돌아오는 봄은 내게 세 가지를 가져다준다.
해마다 피는 라일락과
서쪽 하늘로 떨어지는 별과
그리고 내가 사랑하는 사람의 기억을….

모란이 피기까지는

김영랑

모란이 피기까지는

나는 아직 나의 봄을 기다리고 있을 테요

모란이 뚝뚝 떨어져버린 날

나는 비로소 봄을 여읜 설움에 잠길 테요

5월 어느 날, 그 하루 무덥던 날

떨어져 누운 꽃잎마저 시들어버리고는

천지에 모란은 자취도 없어지고

뻗쳐 오르던 내 보람 서운케 무너졌느니

모란이 지고 말면 그뿐, 내 한 해는 다 가고 말아

삼백예순 날 하냥 섭섭해 우옵내다

모란이 피기까지는

나는 아직 기다리고 있을 테요, 찬란한 슬픔의 봄을.

나는 아직
기다리고 있을테요
찬란한 슬픔의 봄을

호수

이형기

어길 수 없는 약속처럼
나는 너를 기다리고 있다.

나무와 같이 무성하던 청춘이
어느덧 잎 지는 이 호숫가에서
호수처럼 눈을 뜨고 밤을 새운다.

이제 사랑은 나를 울리지 않는다
조용히 우러르는
눈이 있을 뿐이다.

불고 가는 바람에도
불고 가는 바람같이 떨던 것이
이렇게 고요해질 수 있는 신비는
어디서 오는가.

참으로 기다림이란
이 차고 슬픈 호수 같은 것을
또 하나 마음속에 지니는 일이다.

눈

레미 드 구르몽

시몬, 눈은 네 맨발처럼 희다
시몬, 눈은 네 무릎처럼 희다

시몬, 네 손은 눈처럼 차다
시몬, 네 마음은 눈처럼 차다

눈발을 녹이던 뜨거운 키스
언 마음 녹이던 작별의 키스

눈은 소나무 가지 위에 쌓이고
네 이마와 머리카락 위에 쌓이네

시몬, 눈은 고요히 뜰에 잠들었다
시몬, 너는 나의 눈, 나의 자장가

먼 후일

김소월

먼 훗날 당신이 찾으시면
그때에 내 말이 '잊었노라'

당신이 속으로 나무라면
'무척 그리다가 잊었노라'

그래도 당신이 나무라면
'믿기지 않아서 잊었노라'

오늘도 어제도 아니 잊고
먼 훗날 그때에 '잊었노라'

카스타에게

구스타보 베케르

그대 한숨은 꽃잎의 한숨.

그대 목소리는 백조의 노래.

그대 눈빛은 태양의 광채.

그대 살결은 장미의 색깔.

사랑을 버린 내 마음에

그대 생명과 희망을 뿌렸네.

사막에 자라는 한 송이 꽃과 같이

내 생명의 광야에 살고 있는 그대.

이대로 가랴마는

박용철

설마 이대로 가기야 하랴마는
이대로 간다 한들 못 간다 하랴마는

바람도 없이 고이 떨어지는 꽃잎같이
파란 하늘에 사라져버리는 구름쪽같이

조그만 열로 지금 수떠리는 피가 멈추고
가는 숨길이 여기서 끝맺는다면—
아 — 얇은 빛 들어오는 영창 아래서
차마 흐르지 못하는 눈물이 온 가슴에 젖어나리네

ZUCKERBÄCKER
STIEGE

9월의 시

함형수

하늘 끝없이 멀어지고

물 한없이 차가워지고

그 여인 고개 숙이고 수심 지는 9월.

기러기떼 하늘가에 사라지고

가을잎 빛 없고

그 여인의 새하얀 얼굴 더욱 창백하다.

눈물 어리는 9월.

9월의 풍경은 애처로운 한 편의 시.

그 여인은 나의 가슴에 파묻혀 울다.

발자국

도종환

발자국
아, 저 발자국
저렇게 푹푹 파이는 발자국을 남기며
나를 지나간 사람이 있었지

내 눈빛을 꺼주소서

라이너 마리아 릴케

내 눈빛을 꺼주소서, 나는 당신을 볼 수 있습니다.

내 귀를 막으소서, 나는 당신을 들을 수 있습니다.

발이 없어도 당신에게 갈 수 있고,

입이 없어도 당신을 부를 수 있습니다.

내 팔을 부러뜨리소서, 나는 손으로 하듯

내 심장으로 당신을 끌어안을 것입니다.

내 심장을 막으소서, 나의 뇌가 고동칠 것입니다.

내 뇌에 불을 지르소서,

그러면 나는 당신을 피에 실어 나르겠습니다.

3 PART

내가 당신을 사랑하는 것은

여행

잘랄루딘 루미

여행은 힘과 사랑을
그대에게 돌려준다.
어디든 갈 곳이 없다면
마음의 길을 따라 걸어가보라.
그 길은 빛이 쏟아지는 통로처럼
걸음마다 변화하는 세계.
그곳을 여행할 때
그대는 변화하리라.

흔들리며 피는 꽃

도종환

흔들리지 않고 피는 꽃이 어디 있으랴
이 세상 그 어떤 아름다운 꽃들도
다 흔들리면서 피었나니
흔들리면서 줄기를 곧게 세웠나니
흔들리지 않고 가는 사랑이 어디 있으랴

젖지 않고 피는 꽃이 어디 있으랴
이 세상 그 어떤 빛나는 꽃들도
다 젖으며 젖으며 피었나니
바람과 비에 젖으며 꽃잎 따뜻하게 피웠나니
젖지 않고 가는 삶이 어디 있으랴

대추 한 알

장석주

저게 저절로 붉어질 리는 없다
저 안에 태풍 몇 개
저 안에 천둥 몇 개
저 안에 벼락 몇 개

저게 저 혼자 둥글어질 리는 없다
저 안에 무서리 내리는 몇 밤
저 안에 땡볕 두어 달
저 안에 초승달 몇 날

그대는 무엇이오

고석규

깜박 잊을 듯한 세상에서
나를 부르는 그대는 무엇이오

가늘게 맺힌 피주름과
부서진 그늘의 웃음조각과
그 모든 하늘도 잊어버려

이름도 없이 곡절도 없이
그대는 어이하여 나를 부르는 것이오
나를 바라보다 우는 것이오
나에게 맡겨오는 것이오

깜박 잊을 듯한 세상에서
그 먼 하루하루의 고개를 지나
그대는 어이하여 나에게 목마른 것이오
나에게 불붙는 것이오

새카만 칠칠한 벽에 가뭇없이 흐르는
그대는 그대는 무엇이오

질투는 나의 힘

기형도

아주 오랜 세월이 흐른 뒤에
힘없는 책갈피는 이 종이를 떨어뜨리리
그때 내 마음은 너무나 많은 공장을 세웠으니
어리석게도 그토록 기록할 것이 많았구나
구름 밑을 천천히 쏘다니는 개처럼
거칠 줄 모르고 공중에서 머뭇거렸구나
나 가진 것 탄식밖에 없어
저녁 거리마다 물끄러미 청춘을 세워두고
살아온 날들을 신기하게 세어보았으니
그 누구도 나를 두려워하지 않았으니
내 희망의 내용은 질투뿐이었구나
그리하여 나는 우선 여기에 짧은 글을 남겨둔다
나의 생은 미친 듯이 사랑을 찾아 헤매었으나
단 한 번도 스스로를 사랑하지 않았노라

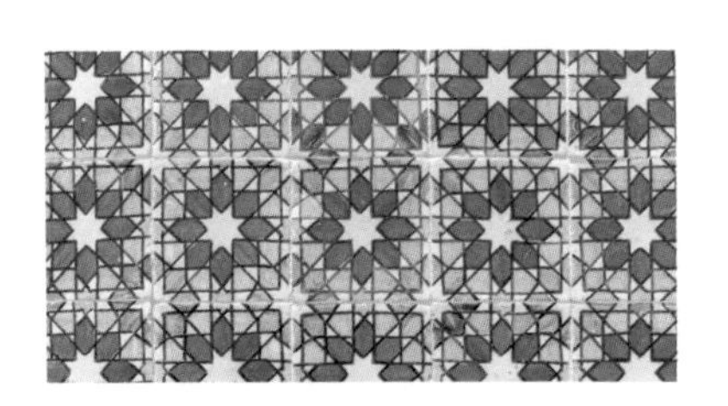

내 그대를 사랑하기에

헤르만 헤세

내 그대를 사랑하기에
지난밤 몹시 설레는 마음으로
그대에게 다가가 속삭였습니다
그대가 나를 언제나 못 잊도록
몰래 그대 마음을 가져와버렸습니다
좋거나 나쁘거나
그대 마음은 이제 나와 함께 있으니
오로지 내 것입니다
설레고 타오르는 내 사랑에서
그 어느 천사도
그대를 구하지 못합니다

바로 나이게 하소서

수전 폴리스 슈츠

그대와 함께 산길을 걷는 사람이
바로 나이게 하소서

그대와 함께 꽃을 꺾는 사람이
바로 나이게 하소서

그대의 속마음을 털어놓는 사람이
바로 나이게 하소서

슬픔에 젖은 그대가 의지하는 사람이
바로 나이게 하소서

행복한 그대와 함께 미소 짓는 사람이
바로 나이게 하소서

그대가 사랑하는 사람이
바로 나이게 하소서

가지 않은 길

로버트 프로스트

노랗게 물든 숲 속에 두 갈래 길이 있었네.
안타깝게도 두 길을 다 가보지 못하는 서운함에
한 길이 수풀 뒤로 구부러져 보이지 않는 곳까지
멀리멀리 굽어보며
한참을 서 있었네.

그리고 한 길을 택했네.
똑같이 아름다웠지만 풀이 우거지고 인적이 없어
더 나아 보이는 길을.
사실 지나간 발길로 닳은 건
두 길이 정말 비슷했다네.

그날 아침 두 길은 똑같이
아직 밟히지 않은 낙엽에 덮여 있었네.

아, 나는 첫 길은 훗날을 위해 남겨놓았네!
그러나 길은 길로 이어져 있어 계속 가야 함을 알기에
다시 돌아올 수 있으리라 믿지는 않았네.

먼 먼 훗날 어디에선가
나는 한숨 쉬며 이렇게 말하리.
숲 속에 두 갈래 길이 있었다고. 그리고 나는 —
나는 사람들이 덜 지나간 길 택했고,
그로 인해 모든 것이 달라졌다고.

감

허영자

이 맑은 가을 햇살 속에선
누구도 어쩔 수 없다
그냥 나이 먹고 철이 들 수밖에는

젊은 날
떫고 비리던 내 피도
저 붉은 단감으로 익을 수밖에는 —.

남으로 창을 내겠소

김상용

남으로
창을 내겠소
밭이 한참갈이
괭이로 파고
호미론 김을 매지요

구름이 꼬인다
갈 리 있소
새 노래는 공으로 들으랴오
강냉이가 익걸랑
함께 와 자셔도 좋소

왜 사냐건
웃지요

인간은 위대해지지 않고서도

칼릴 지브란

인간은 위대해지지 않고서도
자유로울 수 있습니다
그러나
자유롭지 못하면
결코 위대해질 수 없습니다

별의 아픔

남궁벽

임이시여, 나의 임이시여, 당신은
어린아이가 뒹굴 때
감응적으로 깜짝 놀라신 일이 없으십니까.

임이시여, 나의 임이시여, 당신은
세상 사람들이 지상의 꽃을 비틀어 꺾을 때
천상의 별이 아파한다고는 생각지 않으십니까.

키

유안진

부끄럽게도
여태껏 나는
자신만을 위하여 울어왔습니다

아직도
가장 아픈 속울음은
언제나 나 자신을 위하여
터져 나오니

얼마나 더 나이 먹어야
마음은 자라고
마음의 키가 얼마나 자라야
남의 몫도 울게 될까요

삶이 아파 설운 날에도
나 외엔 볼 수 없는 눈
삶이 기뻐 웃는 때에도
내 웃음소리만 들리는 귀
내 마음이 난장인 줄
미처 몰랐습니다
부끄럽고 부끄럽습니다

사랑하는 까닭

한용운

내가 당신을 사랑하는 것은
까닭이 없는 것은 아닙니다
다른 사람들은 나의 홍안만을 사랑하지만은
당신은 나의 백발도 사랑하는 까닭입니다

내가 당신을 그리워하는 것은
까닭이 없는 것은 아닙니다
다른 사람들은 나의 미소만을 사랑하지만은
당신은 나의 눈물도 사랑하는 까닭입니다

내가 당신을 사랑하는 것은
까닭이 없는 것은 아닙니다
다른 사람들은 나의 건강만을 사랑하지만은
당신은 나의 죽음도 사랑하는 까닭입니다

해바라기

오장환

울타리에 가려서
아침 햇볕 보이지 않네

해바라기는
해를 보려고
키가 자란다

숲

정희성

숲에 가보니 나무들은
제가끔 서 있더군
제가끔 서 있어도 나무들은
숲이었어
광화문 지하도를 지나며
숱한 사람들을 만나지만
왜 그들은 숲이 아닌가
이 메마른 땅을 외롭게 지나치며
낯선 그대와 만날 때
그대와 나는 왜
숲이 아닌가

있었던 일

이생진

사랑은 우리 둘만의 일
없었던 것으로 하자고 하면
없었던 것으로 돌아가는 일

적어도 남이 보기엔
없었던 것으로 없어지지만
우리 둘만의 좁은 속은
없었던 일로 돌아가지 않는 일

사랑은 우리 둘만의 일
겉으로 보기엔 없었던 것 같은데
없었던 일로 하기에는 너무나 있었던 일

봄밤

노자영

껴안고 싶도록
부드러운 봄밤!

혼자 보기는 너무도 아까운
눈물 나오는 애타는 봄밤!

창 밑에 고요히 대글거리는
옥빛 달 줄기 잠을 자는데
은은한 웃음에 눈을 감는
살구꽃 그림자 춤을 춘다.
야앵 우는 고운 소리가
밤놀을 타고 날아오리니
행여나 우리 님
그 노래를 타고
이 밤에 한번 아니 오려나!

껴안고 싶도록
부드러운 봄밤

우리 님 가슴에 고인 눈물을
네가 가지고 이곳에 왔는가?……

아! 혼자 보기는 너무도 아까운
눈물 나오는 애타는 봄밤!
살구꽃 그림자 우리 집 후원에
고요히 나붓기는데
님이여! 이 밤에 한번 오시어
저 꽃을 따서 노래하소서.

만약 내가

에밀리 디킨슨

만약 내가 누군가의 마음에
상처 깃들지 않도록 막을 수 있다면,
나 헛되이 사는 것은 아니리라.
만약 내가
누군가의 아픔을 달랠 수 있다면,
그의 고통을 덜어준다면,
지친 새 한 마리 둥지로 돌아가도록
도와줄 수 있다면,
나 헛되이 사는 것은 아니리라.

그대와 나

헨리 앨포드

우리는 함께 있어야 해요, 그대와 나.
우리가 이토록 서로를 필요로 하는 것은
꿈과 희망과 계획된 일이나 보는 것, 꾸며놓은 것을
이해하기 위해서인 것 같아요.

우리는 동반자, 위안자, 안내자, 그리고 친구.
사랑이 사랑을 필요로 하는 만큼,
생각이 생각을 필요로 하는 만큼.

인생은 짧고, 그만큼 빠르며
쓸쓸한 죽음으로 도망칩니다.
우리는 함께 있어야만 해요,
그대와 나는.

서시

윤동주

죽는 날까지 하늘을 우러러
한 점 부끄럼 없기를
잎새에 이는 바람에도
나는 괴로워했다
별을 노래하는 마음으로
모든 죽어가는 것을 사랑해야지
그리고 나한테 주어진 길을
걸어가야겠다

오늘 밤에도 별이 바람에 스치운다

그래도라는 섬이 있다

김승희

가장 낮은 곳에
젖은 낙엽보다 더 낮은 곳에
그래도라는 섬이 있다
그래도 살아가는 사람들
그래도 사랑의 불을 꺼트리지 않는 사람들

세상에서 가장 아름다운 섬, 그래도
어떤 일이 있더라도
목숨을 끊지 말고 살아야 한다고
천사 같은 김종삼, 박재삼,
그런 착한 마음을 버려선 못쓴다고

부도가 나서 길거리로 쫓겨나고
인기 여배우가 골방에서 목을 매고
뇌출혈로 쓰러져
말 한마디 못 해도 가족을 만나면 반가운 마음,
중환자실 환자 옆에서도
힘을 내어 웃으며 살아가는 가족들의 마음속

그런 사람들이 모여 사는 섬, 그래도
그런 마음들이 모여 사는 섬, 그래도
그 가장 아름다운 것 속에
더 아름다운 피 묻은 이름,
그 가장 서러운 것 속에 더 타오르는 찬란한 꿈
누구나 다 그런 섬에 살면서도
세상의 어느 지도에도 알려지지 않은 섬,
그래서 더 신비한 섬,
그래서 더 가꾸고 싶은 섬, 그래도
그대 가슴속의 따스한 미소와 장밋빛 체온
이글이글 사랑과 눈이 부신 영광의 함성

그래도라는 섬에서
그래도 부둥켜안고
그래도 손만 놓지 않는다면
언젠가 강을 다 건너 빛의 뗏목에 올라서리라,
어디엔가 걱정 근심 다 내려놓은 평화로운
그래도, 거기에서 만날 수 있으리라

4 PART

눈이 오시면 내 마음은 미치나니

너의 자유로운 혼이

알렉산드르 세르게예비치 푸시킨

너의 자유로운 혼이 가고 싶은 대로
너의 자유로운 길을 가라.
너의 소중한 생각의 열매를 실현하라.
그리고 너의 고귀한 행동에 대한
아무런 보상도 요구하지 말라.
보상은 바로 자기 자신에게 있는 것이다.
네 자신이 너의 최고의 심판관이다.
다른 누구보다도 엄격하게
너는 네 자신의 작품을 심판할 수 있다.
너는 네 작품에 만족하는가?
의욕 넘치는 예술가여!
네가 황제다. 고독하게 살아라.

밀물

정끝별

가까스로 저녁에서야

두 척의 배가
미끄러지듯 항구에 닻을 내린다
벗은 두 배가
나란히 누워
서로의 상처에 손을 대며

무사하구나 다행이야
응, 바다가 잠잠해서

30

봄은 고양이로소이다

이장희

꽃가루와 같이 부드러운 고양이의 털에
고운 봄의 향기가 어리우도다

금방울과 같이 호동그란 고양이의 눈에
미친 봄의 불길이 흐르도다

고요히 다물은 고양이의 입술에
포근한 봄 졸음이 떠돌아라

날카롭게 쭉 뻗은 고양이의 수염에
푸른 봄의 생기가 뛰놀아라

가을밤

이병각

뉘우침이여
베개를 적신다.

달이 밝다.

베짱이 울음에 맞춰
가을밤이 발버둥친다.

새로워질 수 없는 내력이거든
낟알아 빨리 늙어라.

첫 치마

김소월

봄은 가나니 저문 날에,

꽃은 지나니 저문 봄에,

속없이 우나니 지는 꽃을,

속없이 느끼나니 가는 봄을.

꽃지고 잎진 가지를 잡고

미친 듯 우나니, 집난이는

해 다 지고 저문 봄에

허리에도 감은 첫 치마를

눈물로 함빡히 쥐어짜며

속없이 우노라 지는 꽃을,

속없이 느끼노라 가는 봄을.

꽃이 먼저 알아

한용운

옛 집을 떠나서 다른 시골의 봄을 만났습니다
꿈은 이따금 봄바람을 따라서 아득한 옛터에 이릅니다
지팡이는 푸르고 푸른 풀빛에 물들어서, 그림자와 서로 다릅니다

길가에서 이름도 모르는 꽃을 보고서,
행여 근심을 잊을까 하고 앉아 보았습니다
꽃송이에는 아침이슬이 아직 마르지 아니한가 하였더니
아아, 나의 눈물이 떨어진 줄이야 꽃이 먼저 알았습니다

지평선

막스 자코브

그녀의 하얀 팔이

내 지평선의 모든 것이었다.

성자의 집

박규리

눈보라 속 혹한에 떠는 반달이가 안쓰러워
스님 목도리 목에 둘러주고 방에 들어와도
문풍지 웅웅 떠는 바람소리에 또 가슴이 아파
거적때기 씌운 작은 집 살며시 들춰보니
제가 기는 고양이 네마리 다 들여놓고
저는 겨우 머리만 처박고 떨며 잔다
이 세상 외로운 목숨들은 넝마의 집마저 나누어 잠드는구나
오체투지 한껏 웅크린 꼬리 위로 하얀 눈이 이불처럼 소복하다

◦ 반달이: 절에서 키우는 잡종개의 이름

눈밤

심훈

소리 없이 내리는 눈, 한 치, 두 치 마당 가득 쌓이는 밤엔
생각이 길어서 한 자외다, 한 길이외다.
편편이 흩날리는 저 눈송이처럼
편지나 써서 온 세상에 뿌렸으면 합니다.

눈이 오시네

이상화

눈이 오시면—
내 마음은 미치나니
내 마음은 들뜨나니
오 눈 오시는 오늘밤에
그리운 그이는 가시네
그리운 그이는 가시고
눈은 자꾸 오시네
눈이 오시면—
내 마음은 들뜨나니
내 마음은 미치나니
오 눈 오시는 이밤에
그리운 그이는 가시네
그리운 그이는 가시고
눈은 오시네

별똥

정지용

별똥 떨어진 곳,

마음에 두었다

다음날 가보려

벼르다 벼르다

인젠 다 자랐소.

향수

정지용

넓은 벌 동쪽 끝으로
옛이야기 지줄대는 실개천이 휘돌아 나가고,
얼룩빼기 황소가
해설피 금빛 게으른 울음을 우는 곳,

— 그곳이 차마 꿈엔들 잊힐 리야.

질화로에 재가 식어지면
비인 밭에 밤바람 소리 말을 달리고,
엷은 졸음에 겨운 늙으신 아버지가
짚베개를 돋아 고이시는 곳,

— 그곳이 차마 꿈엔들 잊힐 리야.

흙에서 자란 내 마음
파아란 하늘빛이 그리워
함부로 쏜 화살을 찾으려

풀섶 이슬에 함초롬 휘적시던 곳,

— 그곳이 차마 꿈엔들 잊힐 리야.

전설바다에 춤추는 밤물결 같은
검은 귀밑머리 날리는 어린 누이와
아무렇지도 않고 예쁠 것도 없는
사철 발 벗은 아내가
따가운 햇살을 등에 지고 이삭 줍던 곳,

— 그곳이 차마 꿈엔들 잊힐 리야.

하늘에는 성근 별
알 수도 없는 모래성으로 발을 옮기고,
서리 까마귀 우짖고 지나가는 초라한 지붕,
흐릿한 불빛에 돌아앉아 도란도란거리는 곳,

— 그곳이 차마 꿈엔들 잊힐 리야.

편지

윤동주

누나!
이 겨울에도
눈이 가득히 왔습니다.

흰 봉투에
눈을 한 줌 넣고
글씨도 쓰지 말고
우표도 붙이지 말고
말쑥하게 그대로
편지를 부칠까요.

누나 가신 나라엔
눈이 아니 온다기에.

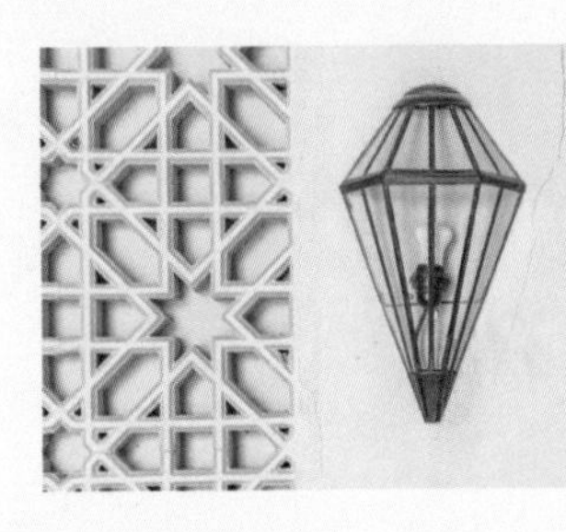

웃음에 잠긴 우주

황석우

어느 여름날의 이른새벽이다

나는 잠 깨어 눈떴다

나의 머리맡에 와 앉은 꼬마고양이도 눈떠서 야옹한다

고개 들어 창문을 열고 뜰 아래를 보니

담 밑의 채송화들도 눈떠서 귀엽게 웃는다

하늘도 게슴츠레 눈떠서 웃음을 흘리고

머언 재 아래의 아침 해도 눈떠서 빙그레 웃고 떠올라오는 듯

온 세계가 눈떠서 웃는 순간이다

웃음에 잠긴 우주다

오늘 문득

강경애

가을이 오면
내 고향 그리워
이 마음 단풍잎 같이
빨개집니다.

오늘 문득 일어난 생각에 이런 노래를 적어보았지요.

하늘의 옷감

윌리엄 버틀러 예이츠

내게 금빛 은빛으로 수놓은
하늘의 옷감이 있다면,
밤과 낮과 어스름한 저녁으로 짠
푸르고 흐리고 검은 옷감이 있다면,
그대 발 아래 깔아드리련만
가난한 나는 꿈밖에 가진 것 없어
그대 발 아래 이 꿈을 깔아드리오니,
사뿐히 밟으소서, 그대 밟는 것 내 꿈이오니.

수선화

윌리엄 워즈워스

골짜기와 언덕 위로 높이 떠도는
구름처럼 외로이 헤매다가
나는 문득 보았네,
호숫가 나무 아래
미풍에 하늘하늘 춤추는
황금빛 수선화의 무리를.

은하수에 반짝이는
별들처럼 이어져
물가 따라 끊임없이
줄지어 피어 있는 수선화,
머리를 살랑대며 흥겹게 춤추는
수많은 꽃들을 잠시 바라보네.

호수 물도 그 곁에서 춤을 추건만
반짝이는 물결도 수선화의 기쁨을 따라갈 수 없었네
이렇게 즐거운 무리에 섞여

시인이 어찌 흥겹지 않으리
나는 하염없이 바라봤지만 그 정경이 내게
얼마나 보배로운지 미처 몰랐었네.

이따금 한가로이 혹은 헛된 생각에 잠겨
자리에 누워 있을 때면
고독의 축복인 마음의 눈에
홀연히 수선화가 번뜩이고
내 가슴은 기쁨에 넘쳐
수선화와 함께 춤을 추네.

꽃

이육사

동방은 하늘도 다 끝나고
비 한 방울 내리지 않는 그때에도
오히려 꽃은 빨갛게 피지 않는가
내 목숨을 꾸며 쉼 없는 날이여

북쪽 툰드라에도 찬 새벽은
눈 속 깊이 꽃 맹아리가 옴짝거려
제비떼 까맣게 날아오길 기다리나니
마침내 저버리지 못할 약속이여

바다 한복판 용솟음치는 곳
바람결 따라 타오르는 꽃성에는
나비처럼 취하는 회상의 무리들아
오늘 내 여기서 너를 불러보노라

바다 한복판 용솟음 치는 곳
바람결 따라 타오르는 꽃성에는
나비처럼 취하는 회상의 무리들아
오늘 내 여기서 너를 불러보노라

봄

조명희

잔디밭에 어린 풀싹이
부끄리는 얼굴을 남모르게 내놓아
가만히 웃더이다
저 크나큰 봄을.

작은 새의 고요한 울음이
가는 바람을 아로새기고
가지로 흘러 이 내 가슴에 스며들 제
하늘은 맑고요, 아지랑이는 곱고요.

겨울새

김기택

새 한 마리 똑바로 서서 잠들어 있다
겨울 바람 찬 허리를 찌르며 지나가는 고압선 위
잠 속에서도 깨어 있는 다리의 균형
차고 빳빳하게 굳어지기 전까지는
저 다리는 결코 눕는 법이 없지
종일 날갯짓에 밀려가던 푸른 공기는
퍼져나가 추위에 한껏 날을 세운 뒤
밤바람이 되어 고압선을 흔든다
새의 잠은 편안하게 흔들린다
나뭇가지 속에 잔잔하게 흐르던 수액의 떨림이
고압선을 잡은 다리를 타고 올라온다
불꽃이 끓는 고압은 날개와 날개 사이
균형을 이룬 중심에서 고요하고 맑은 잠이 된다
바람이 마음껏 드나드는 잠속에서 내려다보면
어둠과 바람은 울부짖는 한 마리 커다란 짐승일 뿐
그 위에서 하늘은 따뜻하고 환하고 넉넉하다
힘센 바람은 밤새도록 새를 흔들어대지만
푸른 공기는 어둠을 밀며 점점 커가고 있다
날개를 펴듯 끝없이 넓어지고 있다.

시인 이름으로 찾아보기 (가나다순)

이 책에 실린 시의 출처

〈감〉 허영자, 《암청의 문신》, 미래사, 1991

〈겨울 사랑〉 문정희, 《어린 사랑에게》, 미래사, 1991

〈겨울새〉 김기택, 《태아의 잠》, 문학과지성사, 1991

〈그래도라는 섬이 있다〉 김승희, 《그래도라는 섬이 있다》, 마음산책, 2007

〈꽃잎〉 나태주, 《시와 그림 사이》, 북로그컴퍼니, 2020

〈너를 기다리는 동안〉 황지우, 《게 눈 속의 연꽃》, 문학과지성사, 1994

〈다정히도 불어오는〉 김영랑, 《영랑시집》, 시문학사, 1935

〈당신의 눈물〉 김혜순, 《당신의 첫》, 문학과지성사, 2008

〈대추 한 알〉 장석주, 《저게 저절로 붉어질 리는 없다》, 난다, 2021

〈모과〉 서안나, 《푸른 수첩을 찢다》, 다층, 1999

〈밀물〉 정끝별, 《흰책》, 민음사, 2000

〈발자국〉 도종환, 《세시에서 다섯시 사이》, 창비, 2011

〈방문객〉 정현종, 《광휘의 속삭임》, 문학과지성사, 2008

〈봄밤〉 노자영, 《처녀의 화환》, 청조사, 1924

〈성자의 집〉 박규리, 《이 환장할 봄날에》, 창작과비평사, 2004

〈세월이 가면〉 박인환, 《목마와 숙녀》, 근역서재, 1976

〈소년〉 윤동주, 《하늘과 바람과 별과 시》, 정음사, 1948

〈숲〉 정희성, 《저문 강에 삽을 씻고》, 문학과지성사, 1978

〈어디로〉 박용철, 《박용철 전집 1》, 시문학사, 1939

〈있었던 일〉 이생진, 《시인의 사랑》, 혜진서관, 1987

〈질투는 나의 힘〉 기형도, 《입속의 검은 잎》, 문학과지성사, 1989

〈키〉 유안진, 《그리움을 위하여》, 자유문학사, 1991

〈편지〉 최계락, 《최계락 동시선집》, 지식을만드는지식, 2015

〈푸른 밤〉 나희덕, 《그곳이 멀지 않다》, 문학동네, 2004

〈한 그리움이 다른 그리움에게〉 정희성, 《한 그리움이 다른 그리움에게》, 창비, 1991

〈호수〉 이형기, 《적막강산》, 타임비, 2013

〈흔들리며 피는 꽃〉 도종환, 《밀물의 시간》, 실천문학사, 2014